VISITE

DE SA-MAJESTÉ CHARLES Iᵉʳ

ROI DE PORTUGAL ET DES ALGARVES

ET

DE M. LE PRÉSIDENT

DE LA RÉPUBLIQUE FRANÇAISE

AU

MUSÉUM NATIONAL D'HISTOIRE NATURELLE

LE 24 NOVEMBRE 1905

VISITE

DE SA MAJESTÉ CHARLES IER

ROI DE PORTUGAL ET DES ALGARVES

ET

DE M. LE PRÉSIDENT

DE LA RÉPUBLIQUE FRANÇAISE

AU

MUSÉUM NATIONAL D'HISTOIRE NATURELLE

LE 24 NOVEMBRE 1905

VISITE

DE SA MAJESTÉ CHARLES IER

ROI DE PORTUGAL ET DES ALGARVES

ET

DE M. LE PRÉSIDENT

DE LA RÉPUBLIQUE FRANÇAISE

AU

MUSÉUM NATIONAL D'HISTOIRE NATURELLE

LE 24 NOVEMBRE 1905

PARIS

IMPRIMERIE NATIONALE

—

MDCCCCVI

Le vingt-quatre novembre mil neuf cent cinq, à trois heures de l'après-midi, Sa Majesté Charles Ier, roi de Portugal & des Algarves, & Monsieur le Président de la République française ont daigné faire une visite officielle au Muséum national d'histoire naturelle. A cette occasion avaient été convoqués dans le grand amphithéâtre du Muséum les membres de l'Académie des sciences de l'Institut de France, les membres de l'Académie de médecine, le Vice-Recteur de l'Université de Paris, les professeurs du Collège de France, le personnel scientifique du Muséum, les professeurs de la Faculté des sciences, de la Faculté de médecine, de l'École de pharmacie, le personnel des grands établissements scientifiques de Paris, les membres de l'Institut Pasteur, les membres du bureau des Sociétés savantes & un grand nombre de hautes personnalités. Le Président du Conseil des Ministres, les Ministres de l'Instruction publique, de la Guerre, de l'Intérieur, des Colonies, de l'Agriculture, le Sous-Secrétaire d'État des Beaux-Arts, le

Gouverneur militaire de Paris, le Vice-Président du Conseil d'État, la légation du Portugal au grand complet avaient devancé au Muséum les deux augustes visiteurs.

Sa Majesté le Roi Charles Ier & Monsieur le Président de la République ont été reçus au seuil de l'amphithéâtre du Muséum par le représentant du Ministre de l'Instruction publique, le Sous-Secrétaire d'État des Beaux-Arts & le bureau de l'assemblée des professeurs du Muséum. Aux souhaits de bienvenue du directeur du Muséum, Sa Majesté a bien voulu répondre; puis M. Henri Becquerel, Mme Curie, M. Lippmann, M. Lacroix, M. Moissan ont successivement traité, avec expériences ou projections, des *substances radio-actives,* du *radium,* de la *photographie directe des couleurs,* de l'éruption de la *Montagne Pelée* & des *nuées ardentes* qui ont détruit Saint-Pierre, à la Martinique, de la *fabrication du diamant dans le four électrique.*

Après cette séance de démonstration, le cortège s'est formé pour se rendre à la galerie de zoologie où quinze cents invités se pressaient pour acclamer Sa Majesté. Sa Majesté & le Président de la République ont été reçus à l'entrée des galeries par le corps des professeurs du Muséum & se sont rendus dans la salle d'exposition où avaient été rassemblées les plus grandes raretés du Muséum. Au centre de la salle, les vélins de Gaston d'Orléans avaient été déposés sur la table de travail de Buffon; dans les vitrines, des collections spéciales avaient été préparées par MM. les professeurs Lacroix, Bouvier, Joubin & l'assistant Ménégaux. Le Dr Charcot avait lui-même présenté sa collection d'animaux des régions antarctiques, & M. Boullet, la brillante collection de Papillons de jour dont il a fait don au Muséum. Sur le trajet du cortège avaient été placés l'Okapi mâle & son squelette, & M. le professeur Louis Bureau, venu tout exprès de Nantes, avait apporté une magnifique collection d'oiseaux du Portugal.

Le matin même, une précieuse collection de Poissons avait été offerte au Muséum par Sa Majesté.

MUSÉUM D'HISTOIRE NATURELLE.

Directeur......... M. Edmond PERRIER.
Assesseur......... M. Léon VAILLANT.
Professeurs honoraires. { M. GAUDRY.
{ M. BUREAU.

CHAIRES.	PROFESSEURS.	ASSISTANTS.
	MM.	MM.
Physique appliquée à l'histoire naturelle.	BECQUEREL.	Jean BECQUEREL.
Chimie appliquée aux corps organiques.	ARNAUD.	BOURGEOIS.
Minéralogie..........	LACROIX.	GAUBERT.
Géologie............	Stanislas MEUNIER.	RAMOND.
Botanique (organographie & physiologie végétales).	VAN TIEGHEM.	MOROT.
Botanique (classification & familles naturelles des phanérogames).	BUREAU.	POISSON.
Botanique (classification & familles naturelles des cryptogames).	MANGIN.	
Physique végétale.......	MAQUENNE.	ROUX, DEMOUSSY.
Culture.............	COSTANTIN.	BOIS.
Mammalogie & ornithologie.	Chaire vacante.	SAUVINET, MÉNÉGAUX.
Herpétologie & icthyologie.	Léon VAILLANT.	MOCQUARD.
Inseĉtes, arachnides & crustacés.	BOUVIER.	KÜNCKEL D'HERCULAIS, LESNE.

5

CHAIRES.	PROFESSEURS.	ASSISTANTS.
	MM.	MM.
Annélides, mollusques & zoophytes.	JOUBIN.	TRÉMEAU DE ROCHE-BRUNE, GRAVIER.
Anthropologie.........	HAMY.	VERNEAU.
Anatomie comparée.....	Edmond PERRIER.	GERVAIS.
Physiologie générale.....	GRÉHANT.	GLEY.
Paléontologie.........	BOULE.	THÉVENIN.
Pathologie comparée.....	CHAUVEAU.	PHISALIX.

MAÎTRES DE DESSIN.

Pour les animaux.........	M. FRÉMIET.
Pour les plantes..........	Mme Madeleine LEMAIRE.

Chef du secrétariat & agent comptable............	M. CHÂTELAIN.
Surveillant général.......	M. le commandant ANNET.
Bibliothécaire...........	M. DENIKER.

ALLOCUTION

DE

M. LE DIRECTEUR DU MUSÉUM.

SIRE,

Votre Majesté connaît bien cette maison où L'ont déjà conduite des études qui Lui sont chères.

En y revenant aujourd'hui, au cours d'une visite royale, Elle donne aux savants français réunis dans cette enceinte pour La saluer une marque précieuse de Sa haute bienveillance; Elle témoigne de la sollicitude avec laquelle sont suivis les progrès de la science par le Souverain du peuple glorieux qui célébrait naguère le quatrième centenaire de Vasco de Gama. Nous en exprimons à Votre Majesté toute notre reconnaißance.

MONSIEUR LE PRÉSIDENT DE LA RÉPUBLIQUE,

Vous avez eu la délicate pensée, après nous avoir donné tant de preuves de Votre sympathie, de réunir dans ce berceau trois fois centenaire des sciences naturelles une aßemblée de savants pour fêter un Souverain qui est à la tête des savants de son pays. Pour répondre

7

dignement à Votre deſſein, il aurait fallu évoquer les grands hommes dont les noms sont inscrits aux frontons de nos édifices & aux angles des rues qui nous avoisinent.

Nous ne savons pas, hélas! Sire, reſſusciter ceux-mêmes dont la pensée fait vivre la nôtre. Mais nous imaginons que M. de Buffon, s'il était aujourd'hui parmi nous, écouterait avec surprise Votre Majeſté lui parler d'Oiseaux inconnus de l'abbé Bexon, & que M. de Lacépède, après avoir admiré les ineſtimables présents qu'Elle a bien voulu nous faire, s'empreſſerait d'ajouter des chapitres nouveaux à l'hiſtoire des Poiſſons. Il faudrait ensuite expliquer au minéralogiſte Daubenton les myſtérieuses lueurs du radium que M. Henri Becquerel & Mme Curie vont tout à l'heure faire briller; Chevreul proteſterait contre la façon dont M. Lippmann semble dérober à la nature ses couleurs; la vue des nuées ardentes dont M. Lacroix a eu l'audace de saisir sur les flancs de la Montagne Pelée les tragiques images inſpirerait à Cuvier quelques pages éloquentes sur les Révolutions du Globe & le physicien Dufay demeurerait interdit par les températures invraisemblables que l'électricité développe dans les fours de M. Moiſſan.

Je me hâte, Sire, de laiſſer mes éminents confrères offrir à Votre Majeſté l'hommage de toutes ces découvertes.

8

DISCOURS

PRONONCÉ LE 24 NOVEMBRE 1905

PAR S. M. LE ROI DE PORTUGAL

EN RÉPONSE

À L'ALLOCUTION DE BIENVENUE

DE

M. LE DIRECTEUR DU MUSÉUM.

MONSIEUR LE DIRECTEUR,

Je suis on ne peut plus touché des bonnes paroles que vous venez de m'adreßer. Comme vous l'avez dit, je connais bien cette maison devenue celèbre dans le monde entier, grâce aux efforts des nombreux savants qui s'y sont succédé, pour travailler à l'accroißement des connaißances humaines, pour tracer chaque jour plus sûrement le sentier lumineux qui aboutit au progrès; si les grands noms que vous venez de citer, Cuvier, Buffon, Daubenton, Bexon, Dufay, Chevreul, brillent au firmament de la science, il en est encore d'autres portés par des hommes dont l'immense savoir, le courageux effort & le travail inceßant sont une source inépuisable d'où découlent chaque jour de nouvelles merveilles. Ceux-ci sont nombreux dans votre savante aßemblée, & dans l'impoßibilité où je me trouve de les citer tous pour leur rendre l'hommage d'un admirateur & d'un ami des sciences naturelles, qu'il me soit permis de les désigner sous le nom de quelques-uns d'entre eux, de ceux que vous venez également de citer : Curie, Becquerel, Moißan, Lippmann, Lacroix, Roux & ...... Perrier.

Je suis vraiment ému & heureux de me trouver au milieu de vous tous, Meßieurs, dans ce cénacle vers lequel doivent converger l'admiration & la reconnaißance universelles pour les bienfaits que votre science répand sans ceße dans le monde entier.

La vive satisfaction que j'éprouve en ce

moment, je la dois encore à M. le Président de la République qui, infatigable dans ses prévenances, a eu la délicate pensée de me faire visiter cette maison où je reçois un si aimable & si cordial accueil.

Je vous offre, Monsieur le Directeur, à vous & à tous vos collègues, mes remerciements les plus profondément sincères.

EXPOSÉ

DE QUELQUES EXPÉRIENCES

FAITES

PAR M. HENRI BECQUEREL.

Il y a cent soixante-dix ans, si un hôte illustre était venu comme aujourd'hui visiter le Jardin des Plantes, l'intendant du jardin royal Dufay n'eût pas manqué de lui montrer ses expériences sur la phosphorescence. L'étude de ce phénomène est restée traditionnelle au Muséum. Voici des préparations dont la plupart ont été faites il y a soixante ans par mon père; ce sont des sulfures de divers métaux qui s'imbibent d'énergie lumineuse & la restituent en émettant des lueurs qui s'éteignent lentement comme s'éteint le son d'une cloche qu'on a frappée.

D'autres substances luisent beaucoup moins long-temps. On les étudie en les plaçant entre deux disques montés solidairement sur le même axe & percés d'ou-vertures qui ne se correspondent pas. L'appareil est dis-posé entre une source de lumière & l'observateur; si l'on vient alors à faire tourner les disques, le corps étudié est alternativement éclairé par la source & vu par l'ob-servateur au bout d'un temps d'autant plus court que la rotation est plus rapide, & la lueur intermittente paraît continue. Voici un rubis dont la belle phosphorescence rouge ne dure que 1/10 de seconde; un sel d'urane dont la phosphorescence ne dure que 1/100 de seconde & pour lequel il faut faire tourner les disques avec une vitesse plus grande.

Ce corps transporté dans un faisceau de rayons violets émet la même lumière verte caractéristique. Il en est de même de divers objets en verre d'urane. La méthode convient pour toutes les substances dont la phosphorescence est instantanée.

Une autre méthode consiste à enfermer les substances dans les tubes de verre où l'on fait un vide partiel & que traversent des décharges électriques. Voici, à côté de tubes disposés autrefois par mon père, des modèles plus récents, contenant diverses substances, entre autres une plaque de rubis artificiel de M. Frémy. Ces derniers corps restent lumineux plus longtemps que dans le phosphoroscope; ils sont excités, non plus par la lumière, mais par une grêle de petits corpuscules électrisés, dont les masses ne dépassent pas la 1/2000 partie de celles que l'on attribue aux atomes, & dont les vitesses sont de l'ordre de celle de la lumière. Cette mitraille traverse les corps comme la poussière emportée par le vent traverse les mailles d'un treillage. Elle émane de celui des deux pôles électriques que Faraday appelait la cathode & porte le nom de *rayons cathodiques*.

En recevant des rayons cathodiques, tous les corps ne deviennent pas lumineux, mais tous émettent de nouveaux rayons, appelés rayons X par Röntgen, &

dont les merveilleuses applications sont universellement connues.

Aussitôt après la découverte de Röntgen, j'ai recherché si certains corps phosphorescents excités par la lumière ne seraient pas aussi des sources de semblables rayons. J'ai observé alors que les sels d'uranium & l'uranium métallique émettaient un rayonnement traversant les corps opaques, mais que, contrairement à tout ce que l'on connaissait jusque-là, l'émission avait lieu sans excitation préalable; elle était spontanée & indéfiniment constante, sans que le corps parût s'altérer d'une manière appréciable.

On peut constater ce phénomène en déposant sur une plaque photographique enveloppée de papier noir des lamelles d'un sel d'uranium. Si l'on interpose en outre un écran métallique, une médaille en aluminium par exemple, & si l'on prolonge la pose pendant deux jours, on obtient une épreuve semblable à celle qui est projetée ici. Les rayons de l'uranium ont marqué la silhouette des lamelles, & l'absorption variable avec l'épaisseur du métal a fait apparaître l'effigie.

J'ai reconnu en même temps que les rayons de l'uranium déchargeaient les corps électrisés en rendant conducteur le gaz qui les enveloppe. Voici un électroscope dont la feuille d'or déviée indique une charge électrique; si l'on fait pénétrer dans la cage de l'appareil les rayons émis par un morceau d'uranium, la feuille d'or retombe lentement.

Parmi les divers phénomènes auxquels les nouveaux rayons donnent naissance, cette expérience constitue le seul qui se prête à des mesures. Aussi a-t-on pris arbitrairement pour *mesure* de l'intensité du rayonnement la vitesse avec laquelle se déplace la feuille d'or, ou plus généralement la quantité d'électricité produite dans le gaz en un temps donné.

Des expériences ultérieures ont montré que les rayons émis par l'uranium étaient identiques aux rayons cathodiques, & que l'origine mystérieuse de l'énergie rayonnée pouvait être attribuée à une décomposition spontanée de la matière, décomposition si faible & si lente qu'elle échappe à nos moyens directs d'investigation. Ces faits ont ouvert une voie nouvelle où se succèdent journellement de nombreux & importants travaux.

EXPOSÉ

DES PROPRIÉTÉS DU RADIUM

PAR MME CURIE.

A la suite des travaux de M. Becquerel sur l'uranium, nous avons recherché, M. Curie & moi, s'il existait des substances radioactives autres que l'uranium. Ce travail a duré plusieurs années, & je ne puis en parler en détail. Il nous a conduits à la découverte d'un élément chimique nouveau auquel nous avons donné le nom de *radium*.

Le radium se trouve dans divers minéraux : dans la pechblende, dans la carnotite, dans l'autunite dont voici deux échantillons provenant du Portugal. Toutefois les minéraux radifères ne contiennent que des traces imperceptibles de radium; on en retire, par exemple, un décigramme d'une tonne de pechblende. C'est pourquoi le radium est un produit très coûteux. En réunissant tout celui qui a été préparé, on arriverait à peine à quelques grammes; c'est donc un corps que l'on peut appeler rare.

Les propriétés du radium sont très curieuses. Ce corps doué d'une énorme radioactivité envoie dans l'espace des rayons dont les actions sont très variées. Ces rayons déchargent instantanément un corps électrisé. Voici un électroscope chargé. J'en approche cette ampoule contenant du radium, & il se décharge immédiatement. Je puis répéter la même expérience en enfermant le radium dans cette boîte en plomb; les rayons du radium peuvent traverser cette boîte. (*Expérience.*)

Les sels de radium sont lumineux par eux-mêmes, surtout quand ils sont secs. Mais le radium agit aussi sur les corps phosphorescents, de manière à les rendre lumineux. Voici un écran au platinocyanure de baryum. Je place l'ampoule à radium par derrière, & la silhouette lumineuse de l'ampoule apparaît sur l'écran. (*Expérience.*) Les diamants deviennent lumineux par l'action du radium & peuvent être ainsi distingués des imitations qui s'illuminent à peine.

Les rayons du radium colorent le verre, la porcelaine, le quartz, le diamant. Voici des échantillons de verre qui ont été colorés par l'action du radium.

Les rayons du radium impressionnent les plaques sensibles. Si je plaçais au voisinage de cette ampoule à radium une boîte fermée contenant des plaques photographiques, celles-ci seraient mises hors d'usage au bout d'un temps très court.

Les rayons du radium à forte dose ont une action destructive sur les animaux, les plantes & sur les microbes; ils peuvent amener la paralysie & la mort de certains animaux. En particulier, ils produisent sur l'épiderme des brûlures analogues à celles qui sont dues aux rayons Röntgen. A faible dose, on utilise les rayons du radium pour la guérison de certaines maladies de la peau.

Le radium n'est pas seulement une source de rayons. Il possède aussi la propriété d'émettre constamment un gaz radioactif nommé *émanation*. Ce gaz a des propriétés radiantes analogues à celle du radium, mais tandis que l'activité du radium semble demeurer constante au cours des années, l'émanation disparaît spontanément peu à peu dans le vase qui la contient. Voici un tube de verre qui contient de l'émanation de radium; ce tube est faiblement lumineux dans l'obscurité. Voici un autre tube vide d'air & contenant du sulfure de zinc phosphorescent. Quand j'aurai ouvert le robinet par lequel les deux tubes communiquent ensemble, l'émanation sera aspirée dans le tube actuellement vide, & rendra lumineux le sulfure de zinc qui s'y trouve. (*Expérience.*) Le radium possède encore la propriété curieuse de dégager constamment de la chaleur. Quand il est protégé contre les pertes de chaleur, sa température peut s'élever de plusieurs degrés au-dessus de la température ambiante.

Le radium est donc un corps qui, sans s'appauvrir en apparence, dégage autour de lui de la chaleur, de la lumière, des rayons divers; il dégage aussi de l'électricité. On peut se demander où est la source de cette dépense. On croit aujourd'hui que le radium est un élément chimique instable qui se décompose avec une lenteur extrême en dégageant de la chaleur. Un fait expérimental important est venu plaider en faveur de cette manière de voir. Les physiciens anglais Ramsay & Soddy ont trouvé qu'une petite quantité de gaz hélium se forme constamment en présence de l'émanation du radium. On peut donc penser que nous assistons ainsi à un premier exemple d'une transmutation d'un élément chimique.

LA PHOTOGRAPHIE DIRECTE

DES COULEURS

PAR M. LIPPMANN.

Vous savez que la lumière est constituée, comme le son, par un système de vibrations bien défini. A chaque couleur correspond un mode de vibrations déterminé &, par conséquent, une structure du rayon lumineux caractéristique de chaque couleur.

La nature se sert de cette propriété de la lumière. Les ailes de certains papillons, les plumes de beaucoup d'oiseaux nous présentent des couleurs magnifiques. Pourtant ces ailes de papillons, ces plumes d'oiseaux sont faites d'une matière incolore. Seulement la nature a su imprimer à leur surface une structure très fine, qui est celle même des rayons que cette surface était destinée à réfléchir.

Pour reproduire les couleurs par la photographie, il a suffi d'imiter la nature. Le procédé employé est très simple. Une couche sensible transparente, adossée à un miroir de mercure, est exposée à la chambre noire, puis développée & fixée à la manière ordinaire.

Le résultat est une épreuve photographique faite d'une matière incolore, mais dans laquelle chaque rayon lumineux a lui-même moulé sa structure, & qui renvoie à l'œil par réflexion une lumière toute pareille à celle qui l'avait impressionné.

M. Lippmann projette successivement les épreuves en couleur du spectre, des portraits & des paysages.

L'ÉRUPTION VOLCANIQUE

DE

LA MONTAGNE PELÉE

PAR M. A. LACROIX.

Plus de trois années se sont écoulées depuis la catastrophe de la Martinique; elle est cependant encore présente à toutes les mémoires.

L'instantanéité de la destruction d'une grande ville & de l'anéantissement de ses 29,000 habitants par un phénomène volcanique de nature inconnue est venue ajouter, si possible, à l'horreur de ce drame stupéfiant, l'un des plus poignants de l'histoire du volcanisme.

Peu d'éruptions ont laissé derrière elles un aussi sanglant souvenir, mais aucune peut-être, jusqu'à ce jour, n'a été signalée par autant de particularités nouvelles pour la science. Je me propose de Vous entretenir des deux principales d'entre elles.

La répétition du phénomène destructeur, que j'ai désigné sous le nom de *Nuées ardentes*[1], m'a permis de

---

[1] J'avais cru tout d'abord que les Nuées ardentes n'avaient été observées nulle part avant l'année 1902, mais, en fouillant les *Archivos dos Açores,* j'ai trouvé des récits d'éruptions de San Jorge, en 1580 & en 1808, qui ne peuvent guère s'expliquer qu'en admettant la production dans ce volcan d'un phénomène analogue aux Nuées ardentes des Antilles, quoique fort réduit.

l'étudier en détail, de le définir, d'en fournir une expli-
cation & de donner ainsi une interprétation rationnelle
du sinistre, dont certains détails paraissaient, au premier
moment, du domaine du rêve, plutôt que de celui de
la réalité.

A plusieurs reprises, en 1902 & en 1903, il m'a été
possible de prendre, à faible distance, de nombreuses
photographies successives d'une même Nuée ardente,
descendant de la Montagne Pelée à la mer; je vais avoir
l'honneur de faire passer devant vos yeux quelques-unes
d'entre elles. Malgré leur aspect saisissant, ces clichés ne
rendent malheureusement que d'une façon bien pâle la
grandeur tragique du spectacle dont j'ai été le témoin.
N'oubliez pas d'ailleurs que la durée réelle du phénomène a été de beaucoup inférieure au temps que je vais
mettre à vous le montrer!

Dès le début de l'éruption, un *dôme* de lave continue
s'est édifié dans le vieux cratère endormi de la Montagne
Pelée. En novembre 1902 a commencé à surgir de son
sommet, *à l'état solide,* cette étrange aiguille rocheuse,
bientôt haute de près de 400 mètres dont, pendant de
longs mois, nous avons suivi, jour par jour, l'ascension
mouvementée, s'effectuant souvent avec une vitesse
supérieure à 10 mètres par 24 heures, & les incessants
écroulements, parfois considérables, consécutifs à la
sortie des Nuées ardentes.

Ce phénomène a une importance capitale; pour la
première fois, en effet, s'est produit ainsi, sous l'œil
conscient de l'homme, un de ces dômes de roches
acides, si fréquents dans tant de régions où le volcanisme

est éteint, & dont le mode de formation restait une énigme pour les géologues. L'étude de l'anatomie intime des roches constituant l'aiguille de la Montagne Pelée a révélé, en outre, pour la première fois aussi, la naissance dans une lave, au cours d'une éruption, du *quartz*, l'un des minéraux les plus répandus dans les roches éruptives les plus communes & dont cependant la genèse restait entourée d'un épais mystère.

C'est du pied de ce monolithe étrange, brillant pendant la nuit, comme un phare gigantesque, se dressant dans les nuages jusqu'à une altitude de 1,600 mètres, que partaient les Nuées dont vous allez suivre la rapide évolution.

Une Nuée ardente est le résultat d'une formidable explosion; c'est une sorte de projectile mi-solide, mi-gazeux, à très haute température, qui, à l'inverse des nuages volcaniques ordinaires, lancés verticalement dans l'espace, *roule de haut en bas* sur les pentes du volcan, sous la double influence de l'explosion & de la gravité, *brûlant, renversant, balayant tout* sur son passage. Sa vitesse dépasse souvent 50 mètres à la seconde; la Nuée à la marche de laquelle vous assistez n'a guère mis plus de deux minutes & demie pour couvrir les sept kilomètres séparant le dôme de la mer.

Une Nuée ardente est formée par des volutes très denses, roulant les unes sur les autres, non seulement dans la direction horizontale, mais aussi dans la verticale; ses contours sont toujours tellement distincts que quelques mètres seulement séparent la zone de destruction totale de celle où tout reste indemne.

24

Elle n'est en route que depuis une minute & demie & déjà elle constitue un mur vertical, parfois sillonné d'éclairs, *atteignant quatre kilomètres de hauteur;* — elle s'avance avec une majesté terrifiante; — arrivée sur la mer, elle en échauffe la surface.

Enfin elle s'arrête; — alors seulement, le vent l'entame, la dissocie, la transforme en un nuage de cendres impalpables qui, lors des grandes éruptions, a été parfois rencontré par des navires à plus de cent milles au large de la Martinique.

Après le passage d'une semblable Nuée, charriant une énorme quantité de matériaux solides brûlants, la campagne présente l'aspect d'un morne paysage de neige, mais d'une neige qui, quelques semaines après sa chute, possède souvent encore une température de plusieurs centaines de degrés. La cendre qui la constitue renferme des fragments & des blocs de lave de toutes dimensions & même des monolithes colossaux, entraînés à l'état incandescent jusqu'à plusieurs kilomètres du cratère.

Est-il besoin maintenant d'une longue démonstration pour vous prouver comment une Nuée ardente, identique à celle dont vous venez de suivre la marche, mais animée d'une vitesse deux ou trois fois supérieure, a pu, en passant sur Saint-Pierre, faire de cette florissante cité le lamentable amas de décombres que vous avez sous les yeux & causer, en moins de soixante secondes, l'irréparable désastre qui a si profondément & si justement ému le monde civilisé?

LE FOUR ÉLECTRIQUE

PAR M. HENRI MOISSAN.

Il y a une douzaine d'années, un froid de − 50 degrés était difficile à réaliser pratiquement dans le laboratoire; aujourd'hui nous descendons facilement avec l'air liquide & l'hydrogène à − 257 degrés.

Il en est de même pour les températures élevées. A la même époque, il était difficile de maintenir longtemps une expérience à une température de 1,300 à 1,400 degrés. Le chalumeau oxhydrique fournissait au maximum 1,800 degrés centigrades; mais la combustion de l'hydrogène dans l'oxygène produisant un milieu oxydant limitait le nombre des expériences.

Avec le four électrique, nous pouvons atteindre aujourd'hui des températures qui, d'après M. Violle, sont voisines de 3,500 degrés.

On savait, depuis Humphry Davy, qui a découvert l'arc électrique, que sa température était très élevée, mais on ne possédait pas d'appareil pratique de laboratoire permettant d'utiliser cette source énorme de chaleur.

Le four que nous avons imaginé n'a pour lui que son extrême simplicité. Il consiste en un bloc de carbonate de chaux portant une cavité pour recevoir le creuset &

deux rainures pour laisser passer les électrodes. Un couvercle, de même substance, forme réverbère & réfléchit la chaleur sur le creuset.

Au moyen de cet appareil, nous avons pu démontrer qu'il n'existe plus de corps réfractaires. Les corps simples ou composés sont tous liquéfiés, puis volatilisés. A cette haute température, nous faisons bouillir la chaux, la magnésie, le cristal de roche, le platine, le cuivre, l'or & le fer.

Un grand nombre de composés vont se détruire à cette température élevée, mais, par contre, nous allons obtenir de nouvelles séries de composés stables dans ces conditions : tels les borures, les siliciures & les carbures. Et c'est ainsi que nous avons préparé, avec facilité, dans ce four électrique, le carbure de calcium, point de départ de l'industrie de l'acétylène.

L'étude générale de ces carbures métalliques nous a conduits à une nouvelle théorie de la formation des pétroles.

De même, nous avons obtenu, avec facilité & en grande quantité, les métaux réfractaires dont certains n'étaient que des curiosités de laboratoire, comme le chrome, le manganèse, le tungstène, le molybdène, le vanadium & le titane. Ces métaux se préparent aujourd'hui industriellement au four électrique sous forme d'alliages avec le fer.

C'est aussi au moyen de cet appareil que nous avons pu préparer des kilogrammes de ce curieux métal, l'uranium, dont mon cher confrère, M. Becquerel, vous entretenait il y a un instant.

Le four électrique nous a permis aussi d'étudier les différentes variétés de carbone & de démontrer comment on pouvait passer du carbone amorphe au graphite & du graphite au diamant.

Pour obtenir le graphite, il suffit de chauffer une variété quelconque de carbone à la température du four électrique.

Pour réaliser la synthèse du diamant, il faut dissoudre le carbone dans le fer à une température voisine de 3,000 degrés. On plonge ensuite brusquement le métal en fusion dans l'eau froide. Dans ces conditions, il se forme autour du métal une croûte extérieure solide, & la partie intérieure encore liquide se comprime en augmentant de volume & produit quelques parcelles de carbone cristallisé sous la forme diamant.

Ces expériences nous conduisent à de nouvelles conclusions. Le four électrique réalise les conditions reculées de la première période géologique de la Terre, au moment où notre planète était encore incandescente. Tout le carbone & tout l'azote du règne animal & du règne végétal se trouvaient alors à l'état de carbures & d'azotures métalliques. Ces corps se sont décomposés lorsque, par suite du refroidissement de la Terre, l'eau s'est produite à sa surface. Ils ont donné naissance à l'ammoniaque & au gaz carbonique utilisés pour le développement de la cellule vivante.

Enfin ces expériences peuvent élucider une autre grande question. Les astronomes discutent sur la température du Soleil. Or, comme cet astre est formé d'une masse en fusion produite par les mêmes corps simples que notre Terre, tous ces corps sont à une température inférieure à 3,500 degrés, température maximum de notre four électrique.

Nous avons démontré, en effet, qu'à cette température les corps simples les plus réfractaires entreraient en ébullition & se transformeraient en corps gazeux.

En conséquence, la température des couches extérieures du Soleil ne doit pas atteindre cette température de 3,500 degrés.

LISTE DES POISSONS

OFFERTS

PAR S. M. LE ROI DE PORTUGAL

AU MUSÉUM DE PARIS.

CHLAMYDOSELACHUS ANGUINEUS, Garm.
SCYLLIORHINUS STELLARE, Linné.
MUSTELUS VULGARIS, M. & H.
GALEUS GALEUS, L.
PRIONODON GLAUCUS, L.
ISURUS OXYRHYNCHUS, Rafin.
CETORHINUS MAXIMUS, Gun.
SQUALUS ACANTHIAS, L.
— BLAINVILLEI, Risso.
ETMOPTERUS SPINAX, L.
— PUSILLUS, Lowe.
SCYMNODON RINGENS, Boc. & Cap.
CENTROPHORUS GRANULOSUS, M. & H.
— CALCEUS, Lowe.
OXYNOTUS CENTRINA, L.
SCYMNUS LICHIA, Cuv.
SQUATINA SQUATINA, L.
BERYX SPLENDENS, Lowe.
NESIARCHUS NASUTUS, Johnson.
APHANOPUS CARBO, Lowe.
BENTHODESMUS ATLANTICUS, G. & B.
MOLVA VULGARIS, Flem.

ALEPOCEPHALUS BAIRDII, G. & B.
MALACOCEPHALUS LAEVIS, Lowe.
TRACHYRHYNCHUS TRACHYRHYNCHUS, Risso.
OPHISURUS SERPENS, L.
PROMECOCEPHALUS LAGOCEPHALUS, Penn.

Un certain nombre de ces Poissons ont pu être exposés
au cours de la visite de Sa Majesté.

LISTE DES OBJETS EXPOSÉS

PAR

M. LE PROFESSEUR LACROIX.

1° Photographies représentant les phénomènes caractéristiques de l'éruption de la Montagne Pelée en 1902 & 1903;

2° La collection des produits de cette éruption : lave andésitique, bombes, lapillis, cendres, minéraux de fumerolle;

3° Une collection des minéraux & des roches en quelque sorte synthétiques formés par fusion des murs de la ville de Saint-Pierre & de divers objets en fer, cuivre, etc., sous l'influence de l'incendie consécutif à la destruction de la ville (8 mai 1901).

LISTE DES OBJETS EXPOSES

PAR

M. LE PROFESSEUR VAILLANT.

MITSUKURINA OWSTONI, Jordan.
(Le Tengusame des Japonais).

EXPÉDITION DU *TRAVAILLEUR*

ET DU *TALISMAN.*

CENTROSCYMNUS CŒLOLEPIS, Bo-
cage & Capello.

CENTROPHORUS CALCEUS, Lowe.

NEOSTOMA BATHYPHILUM, Vaillant.

OPISTHOPROCTUS SOLEATUS, Vaillant.

SCOPELOGADUS (MELAMPHAES)
COCLES, Vaillant.

ANOMALOPTERUS PINGUIS, Vaillant.

XENODERMICHTHYS SOCIALIS, Vaillant.

LEPTODERMA MACROPS, Vaillant.

SOLEA PROFUNDICOLA, Vaillant.

EURYPHARYNX PELECANOIDES,
Vaillant.

CORYPHÆNOIDES GIGAS, Vaillant.

ALEXETERION PARFAITI, Vaillant.

MORA MEDITERRANEA, Risso.

EXPÉDITION DU *FRANÇAIS*

SOUS LA DIRECTION DU Dʳ J. CHARCOT.

NOTOTHENIA CORIICEPS, Richard-
son.

NOTOTHENIA MIZOPS, Günther.

DISSOSTICHUS ELEGINOIDES, Smitt.

CHÆNICHTHYS ESOX, Günther.

CHÆNICHTHYS RHINOCERATUS, Ri-
chardson.

HARPAGIFER BISPINIS, Forster.

ANCISTRIFERA CHARCOTI, n. g.
& sp.

LISTE DES OBJETS EXPOSÉS

PAR

M. LE PROFESSEUR JOUBIN.

EXPÉDITIONS DU *TRAVAILLEUR*
ET DU *TALISMAN*.

APHROCALISTES sp.
HOLTENIA CARPENTIERI, H. F.
— EDWARDSI, H. F.
CLADORHIZA sp.
ASKONEMA SETUBALENSE, S.Kent.
MOPSEA sp.
PRIMNOA sp.
UMBELLULA CRASSIFLORA, Roule.
FUNICULINA QUADRANGULARIS,
Roule.
BRISINGA ENDECACNEMOS, Asbj.
PSYCHROPOTES BUGLOSSA, R. Perr.
ONEIROPHANTA MUTABILIS, Théel.
YPSILOTHURIA TALISMANI, R. Per.
PENTACRINUS WYVILLE-THOM-
SONI, G. Jeffreys.

MISSION CH. GRAVIER (1904).
(GOLFE DE TADJOURAH.)

Polypiers secs.

MADREPORA VARIOLOSA, Klz.
— OCELLATA, Klz.
— HEMPRICHII, Ehr.

MADREPORA CORYMBOSA, Ehr.
— SUBTILIS, Klunzing.
— SUPERBA, Klunzing.
PORITES SOLIDA, Forskal.
TURBINARIA MESENTERINA, La-
marck.
POCILLOPORA FAVOSA, Ehrenb.
STYLOPHORA PISTILLATA, Esper.
SERIATOPORA CALIENDRUM, Ehr.
GALAXEA IRREGULARIS, M. Edv.
& H.
MUSSA DISTANS, Klunzinger.
— CRISTATA, Esp.
— CORYMBOSA, Forsk.
CŒLORIA ARABICA, var. LEPTO-
CHILA, Ehrenberg.
HYDNOPHORA MICROCONUS, Lam.
— CONTIGNATIO, Forsk.
GONIASTRÆA PECTINATA, Ehr.
ECHINOPORA FRUTICULOSA, Ehr.
— EHRENBERGI, M.
Edw. & H.

PRÉPARATIONS DANS L'ALCOOL.
Polypiers.

GONIASTRÆA RETIFORMIS, Lam.

Mussa distans, Klz.
Sclerophyllia margariticola, Klz.
Favia cavernosa, Forsk.
— tubulifera, Ehr.

Alcyonaires.

Spongodes Hemprichii, Klz.
— ramulosa, Gray.
Nephthya Chabroli, Audouin.
Cœlogorgia erythrææensis, Klz.
Alcyonium sp.
Xenia fuscescens, Ehr.

Actiniaires.

Helianthopsis Ritteri, Kiviet.
Stoichactis gigantea, Forsk.
Palythoa tuberculosa, Klz.

Acalèphes.

Cassiopea sp.

Échinodermes.

Astrophyton clavatum.

MISSION FRANÇAISE
DANS L'ANTARCTIQUE DU Dr CHARCOT
(Bocaux, préparations dans l'alcool.)

Axinella translucida, Tops.
Dendrilla antarctica, Tops.
Mopsea antarctica n. sp.
Cerebratulus Charcoti, Joub.
Polyclinum giganteum, Sluiter.
Polyclinum elongatum, Sluiter.
Antipathes sp.
Eledone Charcoti, Joubin.
— Turqueti, Joubin.
Echinus margaritaceus, Lmk.
Cucumaria antarctica, Vancy.
Ophionotus victoriæ, Kœhler.

Archasteridée nov. gen. sp. nov.
Labidiaster radiosus n. sp.

ANIMAUX DU JAPON.
Éponges siliceuses.

Euplectella imperialis, Ijima.
— Marshalli, Ijim.
Walteria Leuckarti, F. E. Sch.
Rhabdocalyptus mollis, F. E. Schulze.
Hyalonema (Stylocalix) apertum, F. E. Schulze.
Hyalonema reflexum, Ijima.
Chonelasma calyx, F. E. Sch.
Hexactinella ventilabrum, Carter.

Mollusque.

Pleurotomaria Beyrichii, Hilg.

Échinodermes.

Metacrinus sp.

MISSION DIGUET.
(GOLFE DE CALIFORNIE.)
(Bocaux, préparations dans l'alcool.)

Meleagrina montrant la formation des perles de nacre.
Meleagrina montrant la formation des perles fines.
Octopus Digueti, E. Perrier, avec œufs dans des coquilles à divers degrés de développement.

Spécimens divers.

Rhopalodina, don de M. Heurtel.
Chrysaora mediterranea de Banyuls, préparée par M. Joubin.
Série d'Unio du Portugal, collection Locard.

LISTE

DES MAMMIFERES ET DES OISEAUX

EXPOSÉS

PAR LES SOINS DE M. MÉNÉGAUX, ASSISTANT.

LE MASCARIN de Buffon. — CORACOPSIS MASCARINUS, Briss. Type. — Île Maurice.

ALECTRŒNAS (FURNINGUS) NITIDISSIMUS, Scop. — Île Maurice. — Sonnerat.

CAMPTOLÆMUS LABRADORIUS, Gm. — Labrador. — H. de Neuville.

FREGILUPUS VARIUS, Bodd. — Île de la Réunion. — 1 exemplaire, type de Vieillot. — 1 exemplaire, par M. de Nivoy.

Ces oiseaux ont été figurés dans les Nouvelles Archives du Muséum. (*Bulletin du Centenaire.*)

MACROCERCUS TRICOLOR, Bechst. — Cuba. — M. E. Rousseau. — La planche a été exposée & mise gracieusement à la disposition du Muséum par M. Walter de Rothschild.

ESPÈCES RARES DE MADAGASCAR.

MONIAS BENSCHI, Oustalet & Guillaume Grandidier. — Type unique. — Environs de Tuléar. — M. Bensch.

URATELORNIS CHIMERA, Rod. — Environs de Tuléar. — MM. Bensch & Bastard.

MESITES VARIEGATA, Is. Geof. — ♂ & ♀ . — M. Grandidier.

ESPÈCES RARES DE PASSEREAUX
PROVENANT DE TA-TSIEN-LOU ET TSÉKOU (TIBET)
ET D'INDO-CHINE.

CRYPTOLOPHA DEJEANI, Oustalet. — R. P. Dejean. — Ta-tsien-lou.

SPELACORNIS SOULIEI, Oustalet. — Type unique. — R. P. Soulié. — Tsékou.

MALACIAS DESGODINSI, David & Oustalet. — Tsékou.

GARRULAX (DRYONASTES) CHINENSIS, var. LUGENS. — Type. — Dr Harmand. — Laos.

DRYONASTES GERMANI, Oustalet. — Type. — Germain, vétérinaire militaire. — Cochinchine.

DRYONASTES MAESI, Oustalet. — Type. — R. P. Dejean. — Ta-tsien-lou.

SUTHORA ALPHONSIANA, J. Verreaux. — R. P. Dejean. — Ta-tsien-lou.

IXULUS ROUXI, Oustalet. — Type. — Prince Henri d'Orléans. — Yunnan.

ALCIPPE GENESTIERI, Oustalet. — Type. — R. P. Soulié. — Tsékou.

FULVETTA CINEREICEPS, J. Verreaux. — R. P. Dejean. — Ta-tsien-lou.

MOUPINIA PŒCILOTIS, J. Verreaux. — R. P. Dejean. — Ta-tsien-lou.

PROPARUS SWINHOE, J. Verreaux. — Mgr Biet. — Ta-tsien-lou.

PROPARUS BIETI, Oustalet. — Prince Henri d'Orléans & R. P. Dejean. — Ta-tsien-lou.

PARUS (PŒCILE) DAVIDI, Berg. Bianchi. — R. P. Dejean. — Ta-tsien-lou.

ACREDULA BONVALOTI, Oustalet. — Type. — R. P. Dejean. — Ta-tsien-lou.

LEPTOPŒCILE HENRICI, Oustalet. — Type. — R. P. Dejean. — Ta-tsien-lou.

CALLIOPE DAVIDI, Oustalet. — Type. — Mgr Biet. — Ta-tsien-lou.

URAGUS HENRICI, Oustalet. — Type. — Bonvalot & prince Henri d'Orléans. — Tibet.

ESPÈCES INTÉRESSANTES
DE DIFFÉRENTES PROVENANCES.

MEROPS REVOILII, Oustalet. — Type. — Mission Revoil. — Somalis.

COSMOPSARUS REGIUS, Reich. — Abdou-Gindi. — Somalis.

COCCYOLIUS IRIS, Oustalet. — Type. — Laglaize. — Îles Loos.

GARRULUS LIDTHI, Bp. — Japon.

CARPODECTES NITIDUS, Salv. — Costa-Rica.

COSMETORNIS VEXILLARIUS. — Mission Foa. — Région des Grands Lacs (Afrique centrale).

TETRAOGALLUS HENRICI, Oustalet. — Type. — Prince Henri d'Orléans. — Setchuan.

EUPLOCAMUS BELI, Oustalet. — Type. — Mission Bel. — Annam.

TALEGALLUS (EPYPODIUS) BRUIJNII, Oustalet. — Type. — M. Bruijn. — Îles Waigiou.

MEGAPODIUS LAYARDI, Triot. — Dr Joly. — Nouvelles-Hébrides.

IBIS GIGANTEA, Oustalet. — Type. — Dr Harmand. — Cambodge.

PAGOPHILA EBURNEA, Phipps. — Professeur Pouchet. — Île J. Mayen.

PUFFINUS EDWARDSI, Oustalet. — Type. — Îlot Branco. — Expédition du *Talisman*.

PHAËTON CANDIDUS (jeune, tout en duvet). — Lantz. — Île de la Réunion.

PYGOSCELIS TAENIATA, Peale. — Île Falkland.

VARIÉTÉS BLANCHES ET ISABELLES.

ALCEDO HISPIDA, L., variété blanche. — France.

GARRULUS GLANDARIUS, L., variété blanche. — France.

PICA RUSTICA, L., variété blanche. — France.

COLAEUS MONEDULA, variété isabelle. — France.

PARUS CŒRULEUS, L., variété blanche. — France.

MERULA NIGRA, L., variété blanche. — France.

TURDUS PILARIS, L., variété blanche. — Garches, environs de Saint-Cloud. — Donné par S. M. Louis XVI, roi de France.

COTURNIX COMMUNIS, Bonn., variété blanche. — France. — Donné par S. M. Louis XV, roi de France.

COLLECTION BOUCARD.

TROCHILIDÉS.

Nectariniidés d'Afrique orientale.

DREPANORHYNCHUS REICHENOWI, Fischer. — Mme de La Motte-Saint-Pierre-Brabant. — Mission Charles Alluaud, 1904.

NECTARINIA KILIMENSIS, Schell. — Mission Charles Alluaud, 1904.

———

LOPHIOMYS BOZASI, Oustalet. — Mammifère récemment connu provenant de Goba (pays Galla). — Mission du vicomte du Bourg-de-Bozas.

L'OKAPI (OKAPIA JOHNSTONI, Sclat.) provenant de l'État libre du Congo. — Montage & squelette. — Don du Gouvernement du Congo belge.

La reconstitution du DRONTE (DIDUS INEPTUS) & son squelette. — Île Maurice.

Les jambes & le bassin montés de l'ÆPYORNIS INGENS de Madagascar. — Son œuf. — Rapportés par M. Guillaume Grandidier.

LISTE DES OBJETS EXPOSÉS

PAR M. LE PROFESSEUR BOUVIER.

(INSECTES ET CRUSTACÉS.)

1° CRUSTACÉS COMMERCIAUX DU MAROC, DU SOUDAN ET DES ÎLES DU CAP-VERT.

HOMARUS VULGARIS, Edw. — Commandant Dyé. — Mogador.

PALINURUS VULGARIS, Latr. — Commandant Dyé. — Mogador.

PALINURUS VULGARIS, Latr. — Gruvel. — Banc d'Arguin.

PALINURUS REGIUS, Briso Cap. — Gruvel. — Banc d'Arguin.

PALINURUS REGIUS, Briso Cap. — Îles du Cap-Vert, expéd. du *Talisman.*

2° FORMES RARES OU NOUVELLES RAPPORTÉES DE LA RÉGION ANTARCTIQUE PAR LA MISSION CHARCOT.

COLOSSENDEIS CHARCOTI, Bouv. — Baie Carthage.

DECALOPODA ANTARCTICA, Bouv. — Baie Carthage.

GLYPTONOTUS ANTARCTICUS, Eights. — Baie Carthage.

SEROLIS sp. — Baie Carthage.

MŒRA MIERSI, Pfeffer. — Île Howard.

ORCHOMENOPSIS PROXIMA, Éd. Chevr. — Baie Carthage.

3° QUELQUES-UNES DES FORMES RARES OU NOUVELLES RÉCEMMENT ENTRÉES DANS LES COLLECTIONS DU MUSÉUM.

PERIPATUS THOLLONI, Bouv. — M. Haug. — Ogooué.

PERIPATUS SIMONI, Bouv. — M. E. Simon. — Caracas.

PERIPATUS GEAYI, Bouv. — M. Geay. — Guyane française.

ACANTHIULUS MAINDRONI, Bouv. — M. Maindron. — Hindoustan.

GROSPHUS FLAVUS, Kraepelin. — Commandant Ardouin. — Madagascar.

ACANTHOGAMMARUS LABBEI, Éd. Chevreux. — Mission Labbé. — Lac Baïkal.

HARPILIUS GERLACHI, Nobili. —
MM. Bonnier & Perez. —
Côtes d'Arabie.

ORTMANNIA ALLUAUDI, Bouv. &
sa mutation SERRATO Sp. B. —
M. March. — Îles Mariannes.

ATYA AFRICANA, Bouv. — Cap.
Fourneau coll. — Congo
français.

ATYA INTERMEDIA, Bouv. —
M. Nobre. — I. S. Thomé.

CAMBARUS DIGUETI, Bouv. —
L. Diguet coll. — Mexique.

AXIUS VIVESI, Bouv. — L. Diguet coll. — Basse Cali-
fornie.

PETROCHIRUS CALIFORNIENSIS,
Bouv. — L. Diguet coll. —
Basse Californie.

TROGLOPAGURUS JOUSSEAUMEI,
Bouv. — Dʳ Jousseaume. —
Djibouti.

BLEPHAROPODE FAURIANA, Bouv.
— Le P. Faurie. — Japon.

HYPOCONCHA DIGUETI, Bouv. —
L. Diguet. — Basse Cali-
fornie.

EUMEDON CONVICTOR, Bouv. &
Seurat. — Seurat coll. —
J. Gambier.

POTAMONAUTES DIDIERI,
M. Rathb. — Mission du
Bourg de Bozas. — Congo.

PARATHELPHUSA HARMANDI,
M. Rathb. — M. Harmand
coll. — Cochinchine.

DICHELASPIS COUTIERI, Gruvel.
— Coutière. — Djibouti.

4° CRUSTACÉS ET PYCNOGONIDES DES
CAMPAGNES DU *TRAVAILLEUR*
ET DU *TALISMAN*.

GNATHOPHAUSIA ZOËA, W. S. —
Travailleur.

PLESIOPENÆUS EDWARDSIANUS,
Johnst. — *Talisman*. — Açores, 1,442 m.

ARISTEOPSIS ARMATUS, Sp. B. —
Talisman. — Au large du Sa-
hara, 3,655 m.

BENTHESICYMUS BARTLETTI, S. I.
Smith. — *Talisman*. — Au
large du cap Cantin, 1,100 m.

HALIPORUS DEBILIS, var. AFRI-
CANUS, Bouv. — *Talisman*. —
Açores, entre Pico & Saint-
Georges, 1,851 m.

METAPENÆUS TALISMANI, Bouv.
— *Talisman*. — Au large du
Soudan, 410 m.

SPONGICOLA EVOLUTA, Bouv. —
Talisman. — Au large du Soudan, 880 m.

ACANTHEPHYRA PURPUREA, A. M.-
Edwards. — *Talisman*. — Cap
Ghir, 2,100 m.

NEMATOCARCINUS GRACILIPES,
A. M. Edwards. — *Talisman*.
— Îles du Cap-Vert, 495-
618 m.

GLYPHOCRANGON PARFAITI, A.M.-
Edwards. — *Talisman*. —
Açores, 2,235 m.

PANDALUS SAGITTARIUS, A. M.-
Edwards. — *Travailleur*. —
Madère, 400 m.

PANDALUS MARTIUS, A. M.-Edwards. — *Travailleur.* — Golfe de Gascogne, 610 m.

HETEROCARPUS GRIMALDII, Edw. & Bouv. — *Talisman.* — Açores, 1,257 m.

NEPHROPSIS ATLANTICUS, Norm. — *Talisman.* — Cap Blanc, 1,180 m.

NEPHROPSIS NORWEGICUS, Leach. — *Travailleur.* — Golfe de Gascogne, 400 m.

WILLEMŒSIA FORCEPS, A. M.-Edwards. — *Talisman.* — Au nord-est des Açores, 4,010 m.

POLYCHELES SCULPTUS, var. TALISMANI, Bouv. — *Talisman.* — Au large du cap Blanc, 800 m.

NEMATOPAGURUS LONGICORNIS, Edw. & Bouv. — *Talisman.* — Îles du Cap-Vert, 105 m.

CATAPAGUROIDES MEGALOPS, Edw. & Bouv. — *Talisman.* — Açores, 360 m.

ANAPAGURUS BICORNIGER, Edw. & Bouv. — *Talisman.* — Au sud du cap Saint-Vincent, 118 m.

EUPAGURUS VARIABILIS, Edw. & Bouv. — *Travailleur.* — Au large de Porto, 1,350 m.

EUPAGURUS CARNEUS, Pocock. — *Travailleur.* — Au nord de Barquero, 411 m.

LITHODES FEROX, A. Milne-Edwards. — *Talisman.* — Au large du Soudan, 930 m.

GALATHEA AGASSIZI, A. Milne-

Edwards. — *Talisman.* — Au large du cap Bojador, 698 m.

MUNIDA CURVINIANA, Edw. & Bouv. — *Travailleur.* — Au sud de Madère, 100 m.

MUNIDA PERARMATA, Edw. & Bouv. — *Travailleur.* — Au nord de la Corogne, 1,037 m.

GALACANTHA ROSTRATA, A. M.-Edwards. — *Talisman.* — Cap Ghir, 2,075 m.

MUNIDOPSIS TALISMANI, Edw. & Bouv. — *Talisman.* — Au large du cap Barbas, 830 m.

MUNIDOPSIS ANTONII, A. Milne-Edwards. — *Talisman.* — Au nord-est des Açores, 4,010 m.

OROPHORHYNCHUS PARFAITI, A. Milne-Edwards. — *Talisman.* — Entre les Açores & Rochefort, 4,255 m.

PTYCHOGASTER FORMOSUS, A. M.-Edwards. — *Talisman.* — Au large de Rochefort, 1,480 m.

EUMUNIDA PICTA, S. I. Smith. — *Talisman.* — Îles du Cap-Vert, 270 m.

DYNOMENE FILHOLI, Bouv. — *Talisman.* — Îles du Cap-Vert, 270 m.

HOMOLOGENUS ROSTRATUS, A. Milne-Edwards. — *Talisman.* — Au large du Maroc, 1,635 m.

ETHUSINA ABYSSICOLA, S. I. Smith. — *Talisman.* — Entre les Açores & la France, 3,975 m.

BATHYNECTES SUPERBA, Costa. —

Talisman. — Îles du Cap-Vert, 400 m.

Epimelus Cessaci, A. Milne-Edwards. — *Talisman.* — Îles du Cap-Vert, 10-30 m.

Geryon longipes, A. Milne-Edwards. — *Travailleur.* — Golfe de Gascogne, 1,160 m.

Eurynome aspera, Peunant. — *Travailleur.* — Au large du cap Sicié, 445 m.

Scyramathia Carpenteri, Normans. — *Talisman.* — Au large du cap Bojador, 782 m.

Ergasticus Clouei, A. Milne-Edwards. — *Travailleur.* — Golfe de Gascogne, 550 m.

Lispognathus Thomsoni, Normans. — *Travailleur.* — Au large de Porto, 1,350 m.

Stenorhynchus macrocheles, Edw. & Bouv. — *Talisman.* — Au large du cap Blanc, 240 m.

5° ENTOMOLOGIE SYSTÉMATIQUE.

Un cadre d'Insectes recueillis au Mozambique par M. G. Vasse.

Un cadre contenant des Insectes rares de l'île S. Thomé.

6° ENTOMOLOGIE APPLIQUÉE.

Nephila madagascariensis ; une femelle & un mâle, cocon, soie tissée.

Nid de Chartergus concolor, Grib., du Brésil, don de M. Gounelle.

Termes bellicosus, Smeath, mâle, ouvriers, femelle & loge royale.

Deux cadres consacrés aux Cochenilles (Tachardia) de la laque, à leur histoire & à leurs produits : rameau de Combretum portant les Cochenilles qui fournissent la laque la plus estimée du Cambodge (don de M. le Dr Harmand) ; laque en bâtons, broyée & lavée, étirée & en écailles (don du Jardin de Kew).

7° QUELQUES CADRES (MORPHOS ET ORNITHOPTÈRES)
DE LA COLLECTION DE LÉPIDOPTÈRES DIURNES
DONNÉE AU MUSÉUM PAR M. BOULLET.

www.ingramcontent.com/pod-product-compliance
Lightning Source LLC
Chambersburg PA
CBHW061656180626
46818CB00003B/1118